KB244308

인생

인생

이승훈 시집

민음의 시 109

민음사

自序

    모더니즘, 포스트모더니즘, 해체주의를 거쳐 불교와 만나게 된 건 고마운 인연이다. 산이 물 위로 간다. 가는 것은 산인가 물인가. 최근의 화두이다. 오늘도 무엇을 쓰는지 모르며 무엇을 쓰고 어디로 가는지 모르며 어디로 간다. 그동안 발표한 것이 38편, 신작이 27편이다. 나의 무가치가 나의 가치이고, 나의 무의미가 나의 의미이다. 나도 나를 인정하지 않고, 나도 내가 쓴 시를 모르고, 나도 나를 이해할 수 없다. 왜냐하면 이해할 게 없으므로. 결국 나는 아무 것도 말하지 않고 말한 게 없고 이 글도 이렇게 쓰지 않았으면 좋았을 것이다. 시집을 내주시는 박맹호 사장님, 박상순 시인에게 감사의 말씀을 드린다.

2002년 6월
이승훈

차례

1

서울에 오는 눈

서울에 오는 눈이 춘천에도 오고
춘천에 오는 눈 속엔 누가 있나
춘천에 오는 눈 속엔 춘천이 있
고 서울에 오는 눈 속엔 서울이
있네 서울에 오는 눈이 진주에도
오고 부산에도 오고 수원에도 오
네 오늘 하루종일 내리는 눈발
속에 하루가 내리고 오늘 오는
눈은 어제 오던 눈 이 눈 속에
눈 속에 내가 있네 눈은 내리고
눈발 속에 내가 사라지네 눈발이
나를 덮네 간절함도 애절함도 눈
발에 파묻히는 불빛일 뿐

天眞

너무 날씨가 좋아
밖에 나와 하늘 한번 보네
무슨 말도 그리움도
없어라
삶과 죽음 모두 잊고
내일은 내일 생각하면 되는 것
이런 날은 귀신이 잡아가도
그만이지
모두 나도 모르는 일
맑은 바람 맑은 해
그대가 내 친구 내 이웃
내 애인이므로
날씨가 너무 좋아
글 쓰다 말고 밖에 나오니
간 것도 없고
온 것도 없네
이미 떠났지만 여기 있고
여기 있지만 이미 떠난 것
오늘 이 햇빛 속엔
오고 감도 없어라

天眞이여
내 몸 그대에게 맡기고
세상이나 한 바퀴 돌고 오자

창문

활짝 피어난 창문 앞에
앉아
시 쓰고 싶어라
그러나 활짝 피어난 창문이
그대로 한 편의 시
이런 정 말고 어디 가서
정을 찾으랴
도연명은 미쳐 날뛰는 자를
배우지 말라네
단지 백년도 아니 된다고
모든 영화 가엾고
내가 쓰는 시 또한
세상의 웃음거리일지 몰라
창문만 환한 날이여
그러나 이것도 한때의
인연
몸 아프면 쉬고
몸 나으면 술 마시리
내가 나를 끌고
가는 게 아니므로

해는 짧다

바람 불고
해는 짧다
나 주방에서 그릇 씻는다
먼저 간 나는 이르지
못하고
뒤에 간 내가 벌써
지나가네
바람 불고
나 주방에서 계속
그릇 씻는다

眞如

벼락불 밤이슬 천둥 번개 모두
여기 있어라 그대 떨어지는 나
뭇잎에 입맞추고 저녁 햇살 한
움큼 손에 쥘 때 그대 손이 빈
햇살이어라

그리고 시름의 미소여 목마르던
애욕도 갈증도 없음이여 가을
저녁 거리에 서면 해는 지지
않고 그대 가슴에 글자를 새기
네 眞如여 속절없이 찾아 헤맨
날들이여

오늘도 오고 감이여

비

이 비는 어디서 오고 저 바람은
어디서 오는가 이 비 속에 바람
한 조각 저 바람 속에 빗방울
천 개 오오 모두 어디서 오고
어디로 가는가 저 산은 어디서
오고 저 나무는 어디로 가는가
당신은 어디서 오고 나는 어디
로 가는가 겨울 저녁 비에 젖는
마음이여 萬象은 하늘에 森羅는
땅에 그러나 삼라가 만상이요
만상이 나입니다

연꽃 옆에

연꽃 옆에 물고기 있고 물고기
옆에 게도 있고 거북이도 있고
거북이가 한 세상이네 거북이
옆에 개구리도 있네 바람 자면
바람이 그대로 거북이 바람이
그대로 물고기 저 물고기 하늘
을 나는 물고기 연꽃과 연꽃
사이에 한 세상이 있네

연꽃 옆에

한 송이 꽃

천리를 달려 왔지만 천리가
잠시입니다 추운 겨울 저녁
바람 불고 앙상합니다 천리
가 앙상합니다 눈 내린 길을
달려 왔지만 봄이면 눈이 녹
고 천리가 꽃입니다 당신이
꽃이고 모두가 꽃입니다 萬
法一如요 如夢相似입니다 돌
에도 꽃이 피고 돌이 꽃이고
바람이 꽃입니다 그저 꿈꾸
듯이 바라보시오

새 떼

저쪽으로 날아가는 새는 이쪽으로 날아오고 저 산이 들
판이네 바람 불면 새떼들이 날지만 처음부터 새떼들은
없고 하얀 갈대뿐이네 신발 한 짝 두고 돌아올 뿐이네

부질없는 시

비가 와도 젖지 않고
눈이 와도 젖지 않고
꽃이 펴도 피지 않네
모두가 이 언덕의 일
모두가 사라져라 와도
오지 않음이여 눈앞에
생각이 있어 어지러울
뿐 이 생각 저 생각
바라보며 하루가 가네

돌을 긁고 진흙을 먹
어도 알 수 없어라 저
둥지 속에 새가 있고
이 방 속에 내가 있네
바람결에 만난 인연이
여 오늘 오는 비 오늘
오는 눈 하루종일 나
를 보며 말이 없네 부
질없는 시여

日月

이 신발 너에게 주고
가리라
日月이여 이 옷도 너에게
주고
눈 내리면 눈도 주고
가리라
흐린 가을 저녁
찬비는 내리고
日月이여
있음은 무엇이고
없음은 무엇인가
언제나 벼락이 있고
멀쩡한 대낮에
비가 오네
그러므로 日月이여
좀더 닦아야 하리
이 책상도 닦고
벽도 닦고 거울도 닦고
가으내 아픈

이 팔도 닦고
책 속의 글자들
글자들도 닦아야 하리
가을 가고
겨울 오는 아침에
눈이 오네

꽃 피기 전에

꽃 피기 전에 꽃을 보고
꽃 진 다음에 꽃을 보네
아프기 전에 아프고 병이
나아도 병이 남네

철부지같은 어른이 오늘은
오늘을 속이고 내일은 내
일을 속이네 눈이 오기
전에 눈이 오고 눈이 온
다음 눈이 오네

그러므로 다시 보라 지금
오는 눈 어디 있고 꽃 피
기 전의 꽃 눈 오기 전의
눈 모두 어디 있는가

꽃 피기 전에

벽도 없고 문도 없다

눈에 덮인 하얀 길이 신선이요 이 저
녁도 신선이요 이 시도 신선 술 마실
때도 신선 꽃을 볼 때도 신선 눈 내
릴 때도 신선입니다

신선 놀음 신선 놀음을 하며 사십시
오 벽도 없고 문도 없습니다 그저 눈
이 내릴 뿐입니다

밝은 거울

여기 불러도 네! 하고
저기 불러도 네! 하시네
당신은 여기도 있고
저기도 있고
물고기도 당신
지나가는 바람도 당신
어디나 계신 걸 모르고
오오 모두가 하나인 걸
모르고
지금 지는 해도 당신인 걸
모르고
가이 없는 緣起여
생각 없고 말 없는 곳에서
당신이 웃고 있네
밝은 거울 하나 웃고 있네
밝은 거울 속엔
밝음만 있네
거울 속에 눈이 오고
해가 나네
당신이 거울이고 마침내
당신이 꽃이고 새이고

이른 봄날

이른 봄날 추위도 나더러
차나 한 잔 마시고 가라네
산자락에 남은 잔설도 차
나 한 잔 마시고 가라네

양지에 앉아 이를 잡는 당
신도 나더러 차나 한 잔
마시고 가라네 제발 묻지
말고 이 시린 물에 발이나
씻고 가라네

거기 있거나 여기 있거나
모두 한가지 빈손에 가득
차는 봄 햇살

봄눈

깨진 사기 그릇 봄바람 봄바람
어제도 눈 오고 오늘도 바람
불고 그대 지나가지만 보이지
않네 정든 거리 갑자기 낯설어
눈 내리고 이 마른 시도 종이
도 글자도 눈에 젖어라 오늘
저녁 그대 혼자 가기 때문에
눈이 오네

해는 뜨고 달은 진다

해는 뜨고
달은 진다
이 속에 그대와 나
만났으니
만물에 서리는 사랑이여
어디로 가고 어디서 오는가
오직 알 수 없음만이
가르치네
오늘도 바람 불고
달이 뜨네
그러므로 하늘이 높아지고
땅이 넓어지네
이 속에 그대와 나
움직이니
오오 다만 움직임이
있을 뿐

저녁

이 밥을 다 먹어도
해가 지고
이 밥을 남겨도
해가 진다
이 시를 다 써도
모르고
이 시를 다 쓰지 못해도
모르리라
강물은 바다로 가고
바람 자면 시장에 가서
물고기를 사 오리라

밖에서 찾지 말라

가는 길도 모르고 온 길도 모르고
가을 단풍이 그대로 하얀 눈일 뿐
오늘도 해가 지는데 누가 이 시를
썼다고 말하랴? 모두가 우습다

그대로 두어라

지금 내리는 비
그대로 두어라
한 번 움직이면
두 번 움직이니
지금 그리운 사람도
그대로 두어라
이 渴愛도 저 비탄도
그대로 두어라
바람은 바람대로
햇볕은 햇볕대로
그대 속에 나
나 속에 그대
그대로 두어라
삼천 번 생각이
한 번 생각
속에 있으니
지금 움직이는 마음
그대로 두어라
비 내린 뒤에
해가 나고

다시 비가 오네
그대로 두어라

봄이 가네

오늘은 날이 흐려 공부 안하고
어제는 바람 불어 술 마시고
꿈 속에 꿈 속에 봄이 가네 봄
날 꿈 속에 그대 만났고 오늘
은 날이 흐려 이마 아프니 시
한 줄 써서 꿈 깨려 했더니 누
가 알았으랴 나이만 먹고 세월
은 흘러 머리칼 허연 시인 될
줄을

2

뗏목의 추위

벌레들의 진창에서 꽃이 핍니다 벌레들
의 피를 먹고 하얀 꽃이 핍니다 추위는
아무 것도 아닙니다 추위도 밥입니다
인간들은 당신과 나는 추위를 먹고 삽
니다 추위 속에 추위 속에

뗏목이 흘러가고 꽃이 핍니다 추위의
물기가 뚝뚝 떨어지는 꽃! 하염없는
꽃! 눈부신 꽃! 요컨대 이 세상이 꽃입
니다 언제나 꽃이

있습니다 인간들은 독합니다 그러나 이
독을 사랑하십시오 진창이 횃불입니다
오오 삶은 사른다는 뜻입니다 이 진창
을 사르고 당신을 사르고 독을 사르고
당신도 없는 인생을 사십시오 머뭄이
아니라 흐름이 중요합니다 이 가난, 이
연민, 이 가엾음의 추위를 먹고 마침내
저 꽃에 도달해야 합니다

거울

나도 거울 당신도 거울 저 산도 거울입
니다 거울 사막에서 글을 쓰고 책을 읽
고 거울이 생각합니다 거울이 나입니다
오늘도 선풍기 하나 틀어놓고 거울 속에
서 거울이 나라는 거울에 대해 논문을
쓰지만 이 놈의 더위 이 놈의 더위도

거울인 걸 모르고 미욱한 나는 아직도
거울 속에서 나를 찾아 헤매고 담배를
피우고 차를 마시고 문득 차 한 잔이 거
울입니다 모두가 거울입니다 그러므로
거울 생각도 버리고 거울을 보면서 거
울에 머물지 마시오 거울이 세계입니다
저 거울이 나요 이 시는 거울이 쓰는 시
입니다

말의 사랑

그러나 말에 사무치고 말이 가는
곳에 사무치고 말의 헤맴에 사무
칩니다 말의 원한이 아니라 말의
사랑이 뼈에 사무칠 때 우린 깨
어납니다 말을 사랑하십시오 인
간이 아니라 말에 사무칠 때가
있습니다 그때

해가 지고 밤이 옵니다 말에 사
무쳐서 말을 여의고 사라진 말
속에 불을 켜십시오 아니 불이
당신을 켭니다 말에 사무칠 때
말은 사라지고 사무침만 남습니
다 사무치는 인생을 사십시오 사
무치는 사랑, 사무치는 슬픔, 사
무치는 리듬, 사무칠 때 깨어납
니다

잠자리 한 마리

잠자리 한 마리 경포 바다가 그대로
잠자리 한 마리요 가을 짧은 해입니
다 난 언제나 반쯤 가다 돌아옵니다

잠자리는 그대로 하늘에 떠 있고 내
가 너를 따라간 건 너를 잡으러 간
게 아니야 나를 잡으러 간 거야 그
러나 경포 바다 어디에도 너는 없고
아마 내가 잠시 꿈을 꾼 모양입니다

물고기 주둥이

아직도 정을 견딜 수 없고 어두운
어두운 마음 골짜기를 헤매는 내
가 불쌍해서 술 한 잔 마시오 왕
십리 서초동 서소문에서 인생의
후반을 탕진하고

저 꽃피는 소리 들으며 무슨 업이
많아 이런 시를 쓰오 미친 놈 소
리나 들으며 산 속에 들어가 도토
리나 주워 먹으면 좋겠지만 보이
지 않는 내가 이렇게 헤매오

이슬

이슬 속에 이슬 속에 형이 있고
내가 있습니다 형이 이슬이고
내가 이슬이고 꿈입니다 삶이
아니라 꿈이 있고 이름이 있고
이름이 꿈입니다 이 글도 이
름, 종이도 이름, 종이 위로 기
어가는 글자들도 이름입니다

오늘도 이슬 인생 풀잎 인생 꿈
인생 바람 인생 바람이 번개가
될 때까지 이 번개가 물거품이
되고 물거품 그림자가 지나가고
물거품 그림자가 술을 마시고
공부하고 낮잠 자고 신문 읽고
빗소리 빗소리 듣습니다 이 안경
도 이슬입니다

사자 새끼

강으로 바다로 바닷가로 가재처럼 물고기처럼 떠돌아야
합니다 이런 저녁엔 장마가 시작되는 저녁엔 나비 연구
곤충 연구 물새 연구나 하며 살아야 합니다 거울 연구
는 끝났습니다 30년 동안 나를 괴롭힌 연구는

거울 연구 기차 연구 방 연구 모두가 죽음 연구지요 무
기물 연구입니다 생명이 없지요 그러나 오늘 저녁 내리
는 비를 보시오 저 비가 거울을 적시고 기차를 적시고
방을 적십니다 지금 내리는

비가 전부입니다 저 비가 거울이고 기차이고 방입니다
모두가 하나입니다 그러므로 나비도 나비가 아니고 곤
충도 곤충이 아니고 물새도 물새가 아닙니다 마침내 마
침내 모두가 하나입니다 아무 것도 없으므로 모두가 있
습니다

술집

꿈 속에도 해가 뜨고 해가 지네 해가 지고 추위가 찾아오
네 비가 내리네 추운 가을밤 우린 동네 술집으로 가네 2층
술집에 앉아 술을 마시네 당신은 꿈 이야기를 하고 난
꿈 속에서 당신 꿈 이야기를 들으며 술에 취하네 아아
여보시오 이젠 일어나야 해요! 취한 내가 비틀거리네 꿈
속에서!

흐린 하늘

여기 머물라 머물라고 하지만
저 흐린 하늘 다가와 가슴에
이마 부비며 말하지만

나같은 귀머거리가 무얼 압니
까? 난 흐린 하늘 한번 보고 낯
선 골목 지나 오늘도 떠납니다

모두가 종이 위의 글씨라고 저
흐린 하늘 다가와 다시 말하지
만 나같은 중생이 기러기 말을
어찌 알리요?

풀 한 포기

풀 한 포기 나무 한 그루 꽃
한 송이 심지 마시오 지나가
는 바람 부르지 말고 내리는
이슬 맞지 말고

쌀 한 톨 쌀 한 톨도 쌓아두
지 마시오 비도 맞지 말고
못도 치지 말고 말뚝도 박지
마시오 구름은 하늘에 닭들
은 마당에 놉니다

지나가는 사람 지나가게 하
고 혹시 그가 물어도 대답하
지 마시오 지나가는 사람이
당신이요 당신이 지나갑니다
말에 매인 사람 아직 말에
매인 걸 모르고 내 아직까지
시 쓰는 것 또한 허물이네

무심한 창문

이 마을 저 마을
떠도는 스님처럼
오늘도 창문에 비치는
저녁 햇살을 보네
어찌 창문 안 보고
길을 가랴
봄날 저녁 햇살 속에
무심한 창문들만
친구라네

풀잎 끝에 이슬

풀잎 끝에 이슬 풀잎 끝에 바람
풀잎 끝에 햇살 오오 풀잎 끝에
나 풀잎 끝에 당신 우린 모두
풀잎 끝에 있네 잠시 반짝이네
잠시 속에 해가 나고 바람 불고
이슬 사라지고 그러나 풀잎 끝
에 풀잎 끝에 한 세상이 빛나네
어느 세월에나 알리요?

비둘기 한 마리

저 비둘기 내 속에서 나온 것도
아니고 내 밖에 있는 것도 아니
고 내가 나가고 내가 들어오네
문을 열고 나가지만 문이 없고
문을 닫아도 문이 없네 나가고
들어오고 저 산이 강물이 비둘
기 한 마리가 흘러가네

시

스님은 하루종일 땅을 두드리고 어리석은 난 시를 쓰네
오늘도 음식만 축내고 사네 저 햇볕 속엔 하루종일 아
이들 지껄이는 소리 머언 마을 닭 우는 소리 기차 지나
가는 소리

밤이슬

팔이 저리는 밤이여
가을 가고
밤이슬 밤이슬 내리는 밤이여

팔이 저리면 세상도 저리고
큰 마음 환한 인생
아직도 머언 밤이여

무얼 버리고 무얼 구하랴
팔이 저리면 마음도 저리고
온몸이 저리네 無明이여

마음

반짝이는 메뚜기 뛰어가는 개구
리 날아가는 잠자리 날아가는
새가 마음이요 서 있는 나무가
마음입니다 시 한 줄 쓰고 맥주
한 잔 마시며 1년이 갑니다 담
배 한 개비도 1년입니다 길을
갈 뿐입니다

저 바람 때문에

저 바람 때문에
시 한 줄 못 쓰고
이마에 손을 얹으면
저 바람이 나를 부르고
나 대신
나무가 흔들리네

문을 열고 나가지만

팔이 저리는 저녁 문을 열고 나가지
만 나간 이유를 모르고 마당에 지나
가는 바람만 보네 바람 그림자만 보
네 저 바람 그림자도 몸이 상했나

팔이 저리는 밤도 있고 가슴이 저리
는 밤도 있고 손이 저리는 밤도 있
네 팔이 저리는 밤이면 물고기 한
마리 나를 보고 대야의 물도 나를
보네

해가 지면 밥 짓고 빨래 하고 물고
기 밥이나 주며 한 세상 살려 했더니
팔에 붕대를 감으며 한 세상이 가네

문을 열고 나가지만

꿈같은 소리

내가 시를 쓰는 게 아니오 지나가
는 차가 이 시를 쓰오 해가 지면
지는 해가 쓰오 시냇물 소리라고
합시다 시냇물 소리 시냇물 소리가
들리오 시냇물 소리도 들은 지 오
래요 눈으로 듣고 귀로 보시오

이제 나 혼자 골목으로 가니 골목
에 내가 있네 가는 곳마다 그대가
있고 그대가 환히 웃고 팔을 벌리
고 서 있네 그대 가슴에선 무수한
새가 날아가네 이 무슨 꿈같은 소
리런가?

다시 왕십리

가도 가도 왕십리 십
리를 가면 십 리가
남는 왕십리 꿈 속에
도 비가 오고 꿈 밖
에도 비가 오네 몸
속에 꿈이 있고 몸
밖에 꿈이 있네 나같
은 시인은 업이 많아
시를 쓰네 문자의 업
언어의 업 만드는 업
그러나 언어가 나를
먹고 산다네

간판만 눈부신 거리여

오늘도 너에게 너에게 이
무수한 나에게 도달하려고
도달하면 다시 도달해야 하
므로 도달한다는 생각도 버
리고 여름 저녁 택시를 타
고 돌아온 도시 불안이라는
부르주아가 마침내 도달한
여기 여름 저녁 여섯시 간
판만 눈부신 거리여 너에게
도달하려고 이 무수한 나에
게 도달하려고 여름 저녁
로터리에 해가 지오

밤비

밤비는 내리고 바람은 불고
님은 떠난다
추운 밤 불빛에 젖는 이 종이가
나인지 모른다 그러나 가을밤
비는 내리고 바람이 자면
빗소리 이 종이를 뚫고

나를 뚫는다 밤비 속에 밤비 속에
허옇게 센 머리 펄럭이며
이런 시를 써서 무얼 하나?
가을밤 비는 내리고
님은 떠나고 나는 기침을 하고
계속 입을 틀어막는다

밤비

허송세월

나도 이리저리 허송세월 하면서 당신을 만
나고 비 오는 저녁 이 술집 저 술집 기웃거
리며 허송세월 한다 그동안 내가 부른 노래
는 모래 그리고 나도 모래야 그러나 당신은
모래에 물을 주지 그러므로 허송세월이 아
름답도다 누구나 허송세월 하면서 이리저리
떠 다니는 물렁물렁한 삶일 뿐이야 얼마나
좋아? 이 허송세월 한 세상이 허송세월이야

봄

바람 속에 바람 속에 노를 저으며 그대 찾아간다 이 봄은
나를 속이는 봄 나를 물어뜯는 봄 다시 봄이다 이 봄은
나쁜 봄 가도 가도 사막인 봄 그대와 나 사이에 흐느끼
는 봄 술잔에 어리는 봄 내가 나에게 지치는 봄 바람만 부
는 철길의 봄 오 이 봄은 존재가 아니라 거대한 타자이다

사랑

비로소 웃을 수 있고 한가롭게 거리를 걸
을 수 있고 비가 와도 비가 와도 비를 맞
을 수 있고 서점에 들러도 마음이 가벼울
수 있고 책들이 한없이 맑아지는 걸 볼
수 있게 된 건 투명한 책들 앞에 두렵지
않게 된 건 모두 어제 네가 있는 곳으로
오라고 말했기 때문이야 네가 있는 곳!
따뜻한 곳! 그곳으로 오라고!

3

언어 2

난 글쓰는 사람
언어는 저항한다
글쓰기는 폭력이
다 글쓰는 사람은
폭군 언어에 상처
를 내고 언어에
칼질을 하고 언어
에 흉터를 낸다
그러므로 이 한
편의 시는 언어의
흔적 언어의 상처
언어의 피 언어의
흉터 언어는 애매
하고 무섭고 손에
잡히지 않는다 언
어 당신 그대 오
난 당신에게 묶여
있도다

사물의 편에서

이형! 사물의 편에 서십시오 인간이 아니라 사물, 말하자
면 이 연구실의 편에서 글을 써야 하고 인간의 고독은
이 연구실의 고독에 비하면 초라한 고독입니다 비 오던
밤들을 보낸 이 연구실, 두 달 동안 공사가 진행된 이
방, 그러니까 두 달 동안 이 방의 주인은 내가 아니라
밤에 내리던 비였습니다

그러나 기인 우기를 보낸 이 방은 고독이라는 말을 모릅
니다 고독은 인간의 편입니다 이제부턴 내가 아니라 이
연구실이 시를 써야 합니다 인간은 좀더 겸손해질 필요
가 있습니다 이 방의 주인은 이 방이고 이 방이 말하고
이 방이 침묵합니다 인간은 끔찍합니다 이 방, 이 침묵
하는 방, 이 절대적 타자에게 문학은 무엇이고 철학은
무엇이고 사랑은 무엇입니까?

이 방과 이 방이라는 말이 하나가 될 때까지 표류가 필요
합니다 작품이 아니라 글쓰기 마침내 내가 글이 될 때
까지 글을 쓰는 내가 썩어지는 내가 될 때까지 사물이
될 때까지 사물의 편에서 나를 보아야 합니다 의미는
정박을 모르고 이 방도 정박을 모릅니다 있는 그대로

있는 연구실을 생각하십시오 연구실은 있는 그대로

있습니다 연구실은 그가 연구실인 걸 모릅니다 그는 언어
를 모릅니다 이 연구실은 언어 저쪽에 있는 무엇입니다
언어에 저항하는 이 무엇이 계속됩니다 이 무엇이 글을
씁니다 이 무엇이 명령합니다 어서 글을 쓰시오! 치욕
은 잊어버리고! 어서 사물이 되시오! 오늘도 서러운 말
을 먹고 사는 이 문학이라는 애처로운 놈 앞에서! 우린
실어증에 걸려야 합니다 그러니까 사물의 편에 서십시오

한때

이것도 한때 저것도 한때 비가 오고 해가 납니다 비가 오
면 개구리 울고 해가 나면 매미가 웁니다 이 책도 한때
저 책도 한때 이 시도 좋고 저 시도 좋습니다 시라는
생각만 버리면 모두가 시입니다 여름 저녁엔 개구리가
울고 가을밤엔 귀뚜라미가 웁니다 이제 시인들은 시를
쓸 필요가 없지만 그래도 써야 한다면 써도 좋습니다

나 없이 쓰기

나 없이 쓰네
무엇에도 기대지 않고
이 글에도 기대지 않고
쓰네
그러므로 이 글이 여기 남네
희미한 희미한
妙有*여
힘든 기쁨이여
나
부실한 애인이
여기 쓰네
섬세한 돌의 표면에 희미한 소음만
남네

---

* 불교 용어로 〈있음도 아니고 없음도 아니다〔非有非無〕〉를 뜻한다.

떠돌이 언어여

언어는 고향이 없습니다 오늘도 고향에서 쫓겨납니다 지
금 내가 하는 꽃이라는 말도 꽃에서 쫓겨나고 바다라는
말도 바다에서 쫓겨나고 언어는 유랑민 남의 나라에 삽
니다 언어는 계속 추방되고

그러나 이 언어가 없다면 난 당신을 만날 수 없고 당신을
사랑할 수 없고 물론 사랑이라는 말도 고향이 없습니다
사랑도 떠돌이, 망명객, 사랑도 몸 붙일 곳이 없지만
이 언어라는 유민, 떠돌이, 사막, 표류가 문지방입니다
이 문지방에

당신이 있고 내가 있고 황혼이 있고 떠돌이 언어여 넌 내
친구 너 때문에 나를 기억하고 나를 망각하고 내가 글을
쓰는 건 나의 망각, 나의 망명, 나의 추방 왜냐하면 떠돌
이 언어여 네가 나이므로

지금 이 종이에 쓰는 것도 잠시 나를 잊는 것, 매장하는
것, 곧 모래바람이 불리라 매장의 환희여 오늘도 난 글을
쓰는 게 아니라 나를 매장하고 다른 나라로 떠납니다
술을 마시고 지는 해를 봅니다 이 땅에 이 종이에 이

아스팔트에

파묻히는 나를 봅니다 떠돌이 언어여 네가 사유하고 망명
이 살고 추방이 살고 유랑이 살고 이 유랑 속에 떠돌이
나여 길바닥에 비치는 저녁 햇살이여 언어가 말합니다
나에게 관심을 가져다오! 오오 나에게 관심을 가져달라고
오늘도 언어가 펄럭입니다

시

시인도 없고 시도 없고 언어도 없고
듣는 이도 없고 말할 것도 없고 그
러므로

시인도 있고 시도 있고 언어도 있고
듣는 이도 있고 말할 것도 있습니다
그러므로

해가 있고 바람, 나무, 길, 조그만
돌멩이도 있습니다 모두가 있습니다
마침내

모두가 없기 때문에 모두가 있습니다
모두가 없음 속에 있고 이 없음 속
에 없음 속에

지렁이가 기어가고 거미가 울고 거문
고 거문고 소리가 나고 난 방랑성
거미인지 몰라요 그동안

난 시를 쓴 게 없기 때문에 시를 쓴 거
요 시를 쓴 건 없는 시를 쓴 것이므로

시라고 이름 부르고 나도 없기 때문에
나라고 이름 부르고 당신도 당신이라
고 이름 부르며 여기까지 왔습니다

유희

유희의 향락이여
지금 내리는 햇살도
시를 쓰는 나도
모두가 유희여라
만남도 사랑도
아름다운 유희여라
하느님은 심심해서 인간을
만들고
나는 심심해서 시를 쓰네
이유는 없네
나무 만나면 나무와 놀고
슬픔 만나면 슬픔과 노네
느끼기 위해 살고
놀기 위해 사네
바람 불고 비 오는 것
일하고 돈버는 것
하늘엔 구름 땅엔 사람
얼마나 즐거운가
모두가 움직이고 움직임 너머엔
아무 것도 없네

움직임 움직임의 유희여
심심해서 세상이 있고
시가 있고 인생이 있네
해가 뜨고
해가 지고
모두 유희 아니고
무엇이랴

언어 놀이

놀다 가는 인생이여 쓸쓸해서 놀고 다정해서 놀고 괴로워
서 노네 놀이는 다른 시간 사랑도 다른 시간 이른 봄
마당에 병아리 한 마리 놀고 병아리 곁에 나도 놀고 흐
르는 강물은 길이길이 푸르리니 非有非無여 그러므로
내가 있네

언어 놀이

언어 1

언어에 대해서 난 할말이 없다 언어는
나와 관계가 없다 난 우연히 언어 속
에 처박히고 당신 속에 처박히고 이
따신, 알 수 없는 골짜기에 처박히고
팔을 흔들고 서 있는 빨래라고 할까?
펄럭이는 인간이라고 할까? 어제도 난

당신 속에 처박혔지 당신 속에 처박힌
내 옆구리에선 붕어가 태어나고 그건
내가 흐르는 거야 말하자면 또 내가
태어나는 거지 아무튼 당신은 수천 페
이지, 한 장씩 넘길 때마다 내가 죽고
태어나는 거야 언어에 대해서 그러니
까 당신에 대해서 계속 쓰기가 힘든
건 지금도 언어여 난 당신 속에 당신
속에 그러니까 법 속에 법 속에 기차
를 타고 달리기 때문이야

생각 하나에 대한 애정

이 시를 완성하는 건 이 시를 빨리
끝내는 것 시를 쓰다 말고 끝내는
거야 손을 대다 마는 거야 그대로
두는 거야 오 이 사랑! 손을 대면
상처만 나지 이 시는 나를 반영하
지 않고 겨울 저녁을 반영하지 않
고 감기에 시달리는 난 여기 없는
거야 깨알 같은 글씨들 뿐이야 깨
알들 뿐이야 그러므로 이 시 속에
있는 건 이 시 속에 없는 것, 말하자
면 지금 창밖에 부는 바람소리, 지
고 있는 해, 호준이(2세)를 안고 병
원까지 갔지만 그대로 돌아온 아
침, 우성 아파트 최희승 내과 접수
대에 이름을 쓸 때부터 호준이는
나가자고 떼를 쓰고 난 감기로 고
생이지만 이름만 접수시키고 그대
로 돌아온 아침, 눈 내린 길, 다시
눈발이 치던 길, 모두 이 시 속에
없지 그래도 좋아 그래도 좋아 진

찰도 못 받고 돌아온 내가 좋아 이
건 헤겔적인 변증법이 아니야 이
시는 빨리 끝내려고 쓰는 시, 빨리
끝내려고! 빨리 끝내려고! 빨리 포
기하려고! 손을 대다 말려고! 나도
나도 그대로 두려고!

* 이 시의 제목은 『롤랑 바르트가 쓴 롤랑 바르트』(이만식 옮김)에서
인용했다.

밝은 날

비 개이고 바람이 자면 하늘도 자고 나무도 자고 햇살만
밝은 날 비둘기 한 마리 마당에 앉아 콩을 먹고 아파트
베란다에 앉아 콩을 먹고 산 너머 산 너머 한 세상이
갑니다

서초동에 머물며

가을 오기 전에 밤비 먼저 오고 밤비 속에 밤비 속에
내 무슨 시를 쓰랴 서초동에 머문 지 20년 밤비만 내
리도다

밤비 속에 풀벌레 울고 저 풀벌레가 나 대신 시를
써라 난 밤비 속에 소 한 마리 끌고 그대 찾아 가려
네 한 세상이 밤비 속에 있네

시

보이는 것은 보이지 않는다
왜냐하면 보이지 않는 것이
이미 보이기 때문이다

내가 쓰는 시가 쓸 만하면
절을 하고 그렇지 않으면
나를 잡아먹어라 시여

무슨 할 말이 있는 게 아니
야 해가 지면 이 귀신이 너
와 함께 놀 뿐이야 무슨 이
유도 애달픔도 없는 거야

언어 서방

난 떠돌이 화류계, 일장춘몽입니다 화사한 화사한 노류장
화입니다 그러나 그대는 내 서방, 봄날 저녁 그대 기다
리며 삽니다 이 저녁 햇살 속에 담배 한 개비 피우며
늙어가는 나, 그대라도 있으니 행복한 세월입니다 그대
를 벗어나는 길은 그대를 죽이는 것, 그러나 언어여 그
대라도 있다는 것이 행복입니다 오늘 저녁에도 그대 만
나 술 한 잔 하며 삽니다 그대를 사랑하는 방법!

시는 나쁜 장르이다

언어를 버리자 언어에서 도망가자 遺棄가 진리이다 경련
하는 언어여 나는 이 시를 쓰지 않으려고 한다 나는 이
종이를 찢고 싶다 언어는 억압이다 마침내 나는 웃는다
이 글씨들, 이 작은 무덤들, 무덤들의 웃음 속에 이 글
이 계속되고 나도 계속된다 시는 나쁜 장르이다 미치기
위해 글을 쓰고 글쓰기가 미쳐가기 때문이다 그러므로
중요한 건 웃음 그동안 난 웃음을 잃고 지냈다 웃음이
또 무덤이다

시는 나쁜 장르이다

시

하루종일 시를 써도
시가 아니며
어제 내린 눈
간 곳 없지만
중학교 운동장 한구석에
그대로 있네
나는 천성이 약한 사람이다
그러므로 오늘도 길을 가고
눈이 오고
눈 속에 시 한 줄 쓰지만
아직도 내가 모자라
시 한 줄 쓰네
시 또한 體가 아니라
用이니
흰 눈과 내가 마주보며
웃네
눈도 아니고 사람도 아니다

인생

언제나 날씨는 춥고
따뜻하고 다시 춥고
바람이 불고 해가 난다
거리엔
사람들이 지나가고
나도 지나가고
오늘은 봄이지만
언제나 날씨는 춥고
따뜻하고 다시 춥고
난 목도리를 하고 나간다
오버를 걸치고 나간다
추억을 걸치고 나간다
1년이 간다
언제나 날씨는 춥고
따뜻하고 다시 춥고
이런 게 중요하다
인생에선 이런 게 중요하다
인생엔 아무 뜻도 없으므로
다만 날씨를 아는
정도에 따라

인생이 흘러간다

이상은 노트에 있는
내용 그러나 내가
쓴 것인지 베케트의
『몰로이』를 인용한 것인지
패러디한 것인지
도무지 알 수가 없다

오늘 부는 바람

저 황혼에도 물들지 마
사람을 만나도 사람에
물들지 말고
시간을 만나도 시간에
물들지 마
무엇이 오고 무엇이 간다
지금 저무는 저녁 해
창문을 물들여도
창문은 물드는 걸 모르고
지나가는 시인 모자만
물들이네
그러나 물들지 마
오늘 부는 바람에도
물들지 마
저 세상에도 물들지 마
해도 하지 않음이여
물들어도 물들지
않음이여
내가 오늘 또 부질없는
소리를 하나 보다

글자 하나 몰라도
저 해가 시를 쓰고
저 새가 시를 쓰네

나도 긴 의자에 누워

나도 긴 의자에 누워
내 인생을 생각한다
내 인생 내 인생
내 인생은 어디 있는가
내 인생은 언어 속에 있고
내 인생은 상상 속에 있고
내 인생은 환상 속에 있지
환상 속에서
글을 쓰고 사랑을 하고
술을 마시고
강의를 하고
오늘도 외출을 한 거야
그러나 환상이 진리야
내 인생은 나의 언어학
내 인생은 나의 심리학
내 인생은 나의 증상
나도 긴 의자에 누워
내 인생을 생각한다
환상 속에서
당신에게 전화를 하고

오늘도 추위가 만발한다
오늘도 해가 진다
오늘도 글썽대는 밤이 온다
환상 속에서
당신을 만나고
환상 속에서 시를 쓰고
환상 속에 환상 속에
출몰하는 나
그동안 환상을 살았지
앞으로도 살 거야
겨울 저녁 긴 의자에 누워
나도 내 정신을 분석해본다*

* 마지막 2행은 레이몽 크노의 「난 긴 의자에 누워 있었다」에 나오는
시행이다.

인생

1판 1쇄 펴냄 · 2002년 6월 15일
1판 2쇄 펴냄 · 2014년 12월 29일

지은이 · 이승훈
발행인 · 박근섭, 박상준
펴낸곳 · (주)민음사

출판 등록 1966. 5. 19. 제16-490호
서울특별시 강남구 도산대로1길 62(신사동) 강남출판문화센터 5층
(우)135-887
대표전화 515-2000 / 팩시밀리 515-2007
www.minumsa.com

ISBN 978-89-374-0703-1 (03810)